Universität Heidelberg

Anzeige der Vorlesungen der Badischen Ruprecht-Karls-Universität zu Heidelberg 1873

Antigonos

Universität Heidelberg

Anzeige der Vorlesungen der Badischen Ruprecht-Karls-Universität zu Heidelberg 1873

Unveränderter Nachdruck der Originalausgabe von 1873.

1. Auflage 2024 | ISBN: 978-3-38698-824-7

Antigonos Verlag ist ein Imprint der Outlook Verlagsgesellschaft mbH.

Verlag: Outlook Verlag GmbH, Zeilweg 44, 60439 Frankfurt, Deutschland
Vertretungsberechtigt: E. Roepke, Zeilweg 44, 60439 Frankfurt, Deutschland
Druck: Libri Plureos GmbH, Friedensallee 273, 22763 Hamburg, Deutschland

Anzeige

der

VORLESUNGEN,

welche

im Sommer–Halbjahr 1873

auf der

Grossherzoglich Badischen

Ruprecht-Carolinischen Universität

zu

Heidelberg

gehalten werden sollen.

Die Vorlesungen werden den 21. April eröffnet.

HEIDELBERG.

Buchhandlung von Karl Groos.

Gegenüber dem Gasthaus zum Badischen Hof.

I. Theologische Vorlesungen.

Einleitung in das Neue Testament: Prof. Holtzmann; Montag bis Freitag von 4—5 Uhr und Samstag von 11—12 Uhr.

Hebräische Syntax: Geh. Kirchenrath Hitzig; Montag, Mittwoch und Freitag von 3—4 Uhr.

Erklärung der Genesis: Derselbe; Montag und Dienstag, Donnerstag und Freitag von 11—12 Uhr.

Biblische Theologie des Alten Testaments: Licentiat Sevin; Mittwoch, Donnerstag und Freitag von 8—9 Uhr.

Erklärung des Johannes-Evangeliums: Prof. Hausrath; Montag bis Freitag von 7—8 Uhr.

Erklärung des I. Corinther-Briefes: Prof. Holtzmann; Dienstag und Donnerstag von 3—4 Uhr.

Erklärung des II. Corinther-Briefes: Prof. Hausrath; Samstag von 8—10 Uhr.

Allgemeine Geschichte der christlichen Kirche, dritter Theil: Derselbe; Montag bis Freitag von 10—11 Uhr.

Die religiösen Ideen des 18. Jahrhunderts: Prof. Pierson; Mittwoch von 11—12 Uhr.

Schleiermachers Leben und Theologie: Prof. Gass; Montag und Dienstag von 8—9 Uhr.

Kirchliche Statistik: Prof. Gass; Donnerstag und Freitag von 8—9 Uhr.

Ueber das Princip und die Aufgabe des Protestantismus mit besonderer Berücksichtigung der gegenwärtigen kirchlichen Bewegungen und Ereignisse: Kirchenrath Schenkel; Montag und Dienstag von 9—10 Uhr.

Religionsphilosophie: Prof. Pierson; Samstag von 8—10 Uhr.

Christliche Ethik: Prof Gass; Montag bis Freitag von 10—11 Uhr.

Liturgik: Kirchenrath Schenkel; Mittwoch, Donnerstag, Freitag von 9—10 Uhr.

Exegetische Uebungen und kirchengeschichtliches Repetitorium: (eventuell): Licentiat Sevin; in noch näher zu bestimmenden Stunden.

Vorlesungen und Uebungen im evangelisch-protestantischen theologischen Seminarium.

Allgemeine Einleitung in den Beruf des evangelischen Geistlichen: Seminar-Director Kirchenrath Schenkel; Montag von 11—12 Uhr.

Kirchenrecht, mit besonderer Berücksichtigung der badischen ev.-prot. Landeskirche; Stadtpfarrer Schellenberg; Montag

4

Praktische Auslegung ausgewählter Stücke des Neuen Testamentes:
Seminar-Director Kirchenrath Schenkel; Dienstag von 11—
12 Uhr.

Geschichte der Predigt, erste Hälfte, bis zur Reformation; Derselbe; Donnerstag von 11—12 Uhr.

Mittheilungen und Analysen von Predigten: Prof. Holtzmann;
Mittwoch von 2—3 Uhr.

Homiletische Uebungen und Kritiken: Seminar-Director Kirchenrath Schenkel und Stadtpfarrer Schellenberg abwechselnd; Mittwoch von 11—12 Uhr u. Dienstag von 10—11 Uhr.

Katechetische Uebungen und Kritiken: Dieselben abwechselnd;
Mittwoch von 3—4 Uhr, und Prof. Pierson Donnerstag von
3—4 Uhr.

Die Lehre vom Volksschulwesen, mit Einführung in die Volksschule, Prof. Holtzmann; Donnerstag von 2—3 Uhr und
Freitag von 10—11 Uhr.

Uebungen im Interpretiren des Alten Testamentes: Geh. Kirchenrath Hitzig; Samstag von 10—12 Uhr.

Kirchen- und dogmenhistorische Uebungen: Prof. Gass; Dienstag
von 3—4 Uhr.

Neutestamentliche Interpretirübungen: Prof. Hausrath; Freitag
von 9—10 Uhr.

Gesangunterricht, mit besonderer Berücksichtigung des Choral-
gesanges: Musikdirector Boch; in zwei noch zu bestimmenden Stunden.

II. Rechtswissenschaften.

Encyklopädie und Methodologie der Rechtswissenschaft: Professor
Brie; Montag, Mittwoch und Freitag von 10—11 Uhr.

Encyklopädie u. Methodologie der Rechtswissenschaft: Dr. Strauch;
Dienstag, Donnerstag und Samstag von 10—11 Uhr.

Naturrecht (Rechtsphilosophie), nach seinem Lehrbuche (Grundzüge des Naturrechts, 2. Auflage 1860): Prof. Röder; Montag
bis Donnerstag von 7—8 Uhr.

Geschichte und Institutionen des römischen Rechts, mit Quelleninterpretationen: Geh. Rath v. Windscheid; Montag bis
Freitag von 8— 10 Uhr.

Interpretation von Gajus comm. III. §. 88 sqq. und comm. IV:
Dr. Schott; publice Freitag und Samstag von 10—11 Uhr.

Pandekten: Prof. Karlowa; täglich von 11—1 Uhr.

Pandekten (mit Einschluss des Erbrechts) unter Bezugnahme
auf die 3. Aufl. seines römischen Privatrechts: Prof. Vering;
täglich von 9—10, und von 11—12½ Uhr.

Römisches Erbrecht: Dr. Schott; Montag bis Freitag von 8
bis 9 Uhr.

Pandekten-Repetitorium und Praktikum: Dr. Schott; Montag, Mittwoch und Freitag von 5—6 Uhr.

Deutsche Staats- und Rechtsgeschichte, nach seinem Lehrbuche (4. Aufl. 1871. 72.); Hofrath Zöpfl; täglich von 3—4 Uhr.

Deutsches Privatrecht mit Einschluss des Lehn-, Wechsel- und Handelsrechts (Deutsche Wechsel-Ordnung und allgemeines deutsches Handelsgesetzbuch): Geh. Rath Renaud; täglich von 11—1 Uhr.

Völkerrecht: Geh. Rath Bluntschli; Montag bis Donnerstag von 9—10 Uhr.

Völkerrecht (positives), nach eigenem gedrucktem Grundrisse: Dr. Strauch; Montag, Mittwoch und Freitag von 8—9 Uhr.

Politik: Geh. Rath Bluntschli; täglich von 10—11 Uhr.

Allgemeines Staatsrecht (Verfassungs- und Verwaltungsrecht) *und Politik,* nach seinem Lehrbuche („Grundzüge der Politik des Rechts" bei K. Groos hier): Prof. Röder; 6mal wöchentl. von 3—4 Uhr.

Deutsches Staatsrecht, nach seinem Lehrbuche (5. Aufl.): Hofr. Zoepfl; täglich von 7—8 Uhr.

Staatsrecht des deutschen Reichs: Prof. Brie; Dienstag u. Donnerstag von 9—10 Uhr.

Deutsches Reichs- und Landes-Staatsrecht, nach eigenem Plane: Dr. Strauch; täglich von 9—10 Uhr.

Kirchenrecht der Katholiken und Protestanten, (unter Bezugnahme auf sein Lehrbuch des Kirchenrechts. Freiburg 1873), mit näherer Rücksicht auf die staatskirchlichen Verhältnisse in Deutschland, Oesterreich und der Schweiz: Prof. Vering; Montag bis Freitag von 8—9 Uhr.

Criminalrecht: Geh. Rath Heinze; täglich von 10—11 Uhr.

Ausgewählte strafrechtliche Lehren: Derselbe; Dienstag und Donnerstag von 5—6 Uhr öffentlich.

Ueber das Gefängnisswesen ist Prof. Röder bereit eine öffentliche Vorlesung 2mal wöchentlich zu halten.

Strafprozess mit besonderer Rücksicht auf den neuen Deutschen Entwurf: Prof. Brie; Montag bis Freitag von 8—9 Uhr.

Strafprozess: Dr. Hiller; 5mal wöchentlich von 9—10 Uhr.

Gerichtliche Medicin: cf. medicinische Wissenschaften.

Staatswissenschaftliches Seminar: siehe IV. F. Staats- und Cameralwissenschaften.

III. Medicinische Wissenschaften.

a. Medicinische Vorlesungen.

Osteologie und Syndesmologie: Prof. Nuhn; 4mal wöchentlich von 4—5 Uhr.

Anatomie des Menschen, II. Theil (Gefässsystem, Nervensystem, Sinnesorgane): Geh. Hofr. Arnold; täglich von 10—11 Uhr.

Vergleichende Anatomie und Physiologie besonders der Wirbelthiere: Prof. H. A. Pagenstecher; Montag, Dienstag, Donnerstag und Freitag von 2—3 Uhr.

Vergleichende Anatomie: Professor Nuhn; 4mal wöchentlich von
7—8 Uhr Morgens.

Histologie mit Demonstrationen und Experimenten: Hofr. Kühne;
Dienstag, Mittwoch, Donnerstag und Freitag von 11—12 Uhr.

Cursus der mikroskopischen Anatomie: Prof. Nuhn; an 2 Nachmittagen von 2—5 Uhr.

Repetitorium der gesammten Anatomie des Menschen: Derselbe;
in noch zu bestimmenden Stunden.

Experimentalphysiologie, II. Theil: Hofr. Kühne; Dienstag, Mittwoch, Donnerstag und Freitag von 9—10 Uhr, Samstag von
11—1 Uhr.

Physiologisches Practicum: Derselbe; täglich Vor- und Nachmittags.

Physiologisches Laboratorium: Prof. Wundt.

Specielle pathologische Anatomie: Prof. J. Arnold; täglich von
3—4 Uhr.

Cursus der pathologischen Histologie: Derselbe; 2mal wöchentlich 2 Stunden (privatissime).

Sectionscursus: Derselbe.

Practische Uebungen im pathologischen Institute: Derselbe;
täglich.

Allgemeine Pathologie und Therapie: Professor v. Dusch; 3mal
wöchentl. von 4—5 Uhr.

Specielle Pathologie und Therapie der Krankheiten der Digestionsorgane: Geh. Hofr. Friedreich; Montag, Dienstag, Donnerstag und Freitag von 12—1 Uhr.

Specielle Pathologie und Therapie des Nervensystems: Prof. Erb;
4mal wöchentlich von 5—6 Uhr oder zu andern passenden
Stunden.

Theoretisch-praktischer Cursus der Elektrotherapie: Derselbe;
3mal wöchentlich von 12—1 Uhr.

Theoretisch-praktischer Curs über Syphilis und Hautkrankheiten:
Dr. Weil; 3mal wöchentlich.

Physikalische Diagnostik: Derselbe; 3mal wöchentlich.

Laryngoskopischer Cursus: Derselbe; 2mal wöchentlich.

Psychiatrie: Dr. Fischer; 2mal wöchentlich.

Chirurgie der Schussverletzungen: Dr. Fehr; 3mal wöchentlich.

Specielle Chirurgie (Schluss): Dr. Lossen; 2mal wöchentlich.

Chirurgie der Knochen und Gelenke: Derselbe; 3mal wöchentl.

Operativ-gynäkologischer Cursus: Hofrath Simon; 3mal wöchentl.

Chirurgischer Operationscursus: Derselbe; von 5—7 Uhr.
Abends.

Augenoperationscursus: Professor Becker; Montag, Dienstag,
Donnerstag und Freitag von 4—5 Uhr.

Theoretisch-praktischer Cursus über Ohrenheilkunde: Prof. Moos;
4mal wöchentlich in noch zu bestimmenden Stunden.

Geburtshülflicher Operationsursus: Geh. Hofr. Lange; in später zu bestimmenden Stunden.

Medicinische Klinik: Geh. Hofr. Friedreich; 6mal wöchentlich von 10—11 1/2 Uhr.

Medicinische Poliklinik: Professor v. Dusch; 6mal wöchentlich von 10—11 1/2 Uhr.

Chirurgische Klinik: Hofrath Simon; 6mal wöchentlich von 8 1/2 bis 10 Uhr.

Geburtshülfliche Klinik: Geh. Hofrath Lange; an den ersten 4 Wochentagen von 7 1/2—8 1/2 Uhr und bei vorkommenden Geburten.

Augenklinik: Prof. Becker; Montag, Mittwoch und Freitag von 11 1/2—1 Uhr.

Klinische Vorträge über Kinderkrankheiten: Prof. Oppenheimer; 2mal wöchentlich.

Gerichtliche Medicin: Prof. Knauff; 3mal wöchentlich.

b. Naturwissenschaftliche Fächer.

Anthropologie (Natur- und Urgeschichte des Menschen) für Studirende aller Facultäten: Professor Wundt; Montag von 5 bis 6 1/2 Uhr.

Organische Experimentalchemie: Prof. Delffs; an den 5 ersten Wochentagen von 8—9 Uhr.

Praktische Uebungen im chemischen Laboratorium: Derselbe; an den 5 ersten Wochentagen.

IV. Zur philosophischen Facultät
gehörige Lehrgegenstände.

A. Philosophische Wissenschaften.

Logik und Metaphysik oder Wissenschaftslehre: Geh. Rath Fischer; Dienstag, Mittwoch, Donnerstag und Freitag von 7—8 Uhr.

Anthropologie: Prof. Wundt; siehe medicinische Wissenschaften.

Psychologie mit Einschluss der Lehre von den Geisteskrankheiten, nach eigenem Lehrbuche: Prof. Frhr. v. Reichlin-Meldegg; Montag, Dienstag, Mittwoch und Donnerstag von 12—1 Uhr.

Völkerpsychologie: Dr. Caspari; 2mal wöchentlich.

Geschichte der Philosophie im Umrisse: Prof. Frhr. v. Reichlin-Meldegg; Montag und Dienstag von 5—6 Uhr.

Geschichte der Philosophie: Dr. K. Frhr. v. Reichlin-Meldegg; an den ersten 4 Wochentagen in noch zu bestimmenden Stunden.

Ueber die Kantische oder kritische Philosophie, deren Entstehung, System und Probleme: Geh. Rath Fischer, Dienstag, Mittwoch, Donnerstag und Freitag von 4—5 Uhr.

Geschichte der neueren und neuesten Philosophie: Dr. Caspari; Dienstag und Freitag von 12—1 Uhr.

8

Geschichte und Kritik des Materialismus mit Rücksicht auf die
Entwicklung der Naturwissenschaft: Derselbe; Sonnabends
von 12—1 Uhr.
Aesthetische Vorträge über Shakespeare's Hamlet: Prof. Frhr. v.
Reichlin-Meldegg; Mittwoch und Donnerstag von 5 bis
6 Uhr.
Die Composition des Goethe'schen Faust, kritisch betrachtet: Geh.
Rath Fischer; 2mal wöchentlich in noch zu bestimmenden
Stunden.
Pädagogik: Prof. Stoy; Mittwoch bis Freitag von 12—1 Uhr.
Psychologisch-pädagogische Uebungen: Prof. Stoy, Mittwoch und
Freitag von 11—12 Uhr.
Privatissima über alle Theile der Philosophie: Prof. Frhr. v.
Reichlin-Meldegg.

B. Philologie und Alterthumskunde.

Arabische Sprache nebst Erklärung der Chrestomathie von Arnold:
Prof. Weil; 2mal wöchentlich.
Arabische Grammatik: Prof Thorbecke; 3mal wöchentlich.
Erklärung des Koran's oder der Makamen Hariri's: Prof. Weil;
2mal wöchentlich.
Erklärung der Hamâsah: Prof. Thorbecke; 2mal wöchentlich.
Persische Grammatik: Derselbe; 2mal wöchentlich.
Persische Sprache, nebst Erklärung der Chrestomathie von Spiegel:
Prof. Weil; 2 Stunden wöchentlich.
Erklärung der türkischen Chrestomathie von Wickerhauser: Der-
selbe; 2mal wöchentlich.
*Privatissima über hebräische, arabische, aramäische, persische und
türkische Sprache und Literatur:* Derselbe.
Erklärung ausgewählter hieroglyphischer und hieratischer Texte:
Prof. A. Eisenlohr; 2mal wöchentlich.
Resultate und Methode der vergleichenden Sprachwissenschaft:
Prof. Windisch; 2mal wöchentlich.
Sanskrit-Grammatik, mit praktischer Einübung: Derselbe; an-
fangs zwei-, dann vierstündig.
Bhagavadgîta: Derselbe; zweistündig.
Sanskrit: Grammatik mit Interpretationsübungen; Prof. Lef-
mann; Dienstag, Donnerstag und Freitag von 7—8 Uhr.
Griechische Grammatik vom Standpunkte der vergleichenden
Sprachforschung: Derselbe; Dienstag bis Freitag von 4 bis
5 Uhr.
Vergleichende Mythologie der indogermanischen Völker, besonders
der alten Inder, Griechen und Deutschen: Derselbe; 3mal
wöchentlich.
Römische Litteraturgeschichte: Prof. Ribbeck; Montag, Diens-
tag, Donnerstag und Freitag von 9—10 Uhr.
Philologische Gesellschaft (Plautus): 1mal wöchentlich: Derselbe.

Erklärung von Sallust's Catilina: Hofrath Köchly; Mittwoch und Freitag von 11—12 Uhr.

Erklärung der Briefe des Horatius: Dr. Le Beau.

Lateinische Stylübungen: Derselbe.

Geschichte der griechischen Lyrik (nach gedruckter Uebersicht): Hofrath Köchly; Dienstag bis mit Freitag von 10 bis 11 Uhr.

Erklärung der Idyllen des Theokrit: Professor Ribbeck; Montag und Samstag von 10—11 Uhr.

Erklärung von Platons Phaedon nebst Einleitung in das Studium der Platonischen Schriften: Prof. Uhlig; 2mal wöchentlich.

Erklärung von Aristophanes' Rittern: Dr. Le Beau.

Griechische Alterthümer des öffentlichen und privaten Lebens: Prof. Stark; Montag, Dienstag, Donnerstag und Freitag von 8—9 Uhr.

Geschichte und System der antiken Architektur: Professor Stark; Mittwoch und Samstag von 8—9 Uhr.

Geschichte der Malerei bei Griechen und Römern: Dr. Woermann; 2mal wöchentlich.

Deutsche Metrik: Hofr. Bartsch; Dienstag, Mittwoch und Freitag von 3—4 Uhr.

Deutsche Lyriker des 12. Jahrhunderts: Derselbe; Montag und Samstag von 12—1 Uhr.

Ueber Shakespeare: Derselbe; Montag und Donnerstag von 3—4 Uhr.

Uebungen einer deutschen Gesellschaft: Derselbe.

Altirische Grammatik: Prof. Windisch: 2mal wöchentlich.

Französische Grammatik, verbunden mit Uebungen im Französisch-schreiben und -sprechen und mit besonderer Rücksicht auf die neue Prüfungsordnung der Philologen. Lectüre eines französischen Schriftstellers: Lector Dr. Otto; 3mal wöchentlich.

Privatissima in der griechischen und lateinischen Sprache und in allen philologischen Lehrfächern mit Rücksicht auf die Prüfungsordnung der Philologen; ferner in der französischen und englischen Sprache und in der deutschen Sprache besonders für Ausländer: Dr. Le Beau.

Privatissima in der französischen, englischen und deutschen Sprache: Lector Dr. Otto.

Im philologischen Seminarium.

I. Im Unter-Seminarium: Director Ribbeck.

Vergil's Eklogen und Arbeiten: Mittwoch und Samstag von 9 bis 10 Uhr.

II. Im Ober-Seminarium: Director Köchly.

Lateinische Interpretations-Uebungen (ausgewählte Stücke der griechischen Lyriker): Dienstag zwischen 11—1 Uhr.

Schulmässige Erklärungsübungen (Cicero's Catilinarische Reden):
Donnerstag zwischen 11—1 Uhr.
Philologisch-kritische Uebungen: Freitag von 12—1 Uhr.

Im archäologischen Institute:

Erklärung der Denkmäler des archäologischen Museums verbunden mit Uebungen: Prof. Stark; Montag und Donnerstag
von 3—4 Uhr.
Erklärung ausgewählter Briefe des jüngern Plinius: Derselbe;
Samstag von 9—11 Uhr.

C. Historische Fächer.

Römische Geschichte: Prof. Wattenbach; an den 5 ersten
Wochentagen von 4—5 Uhr.
Lateinische Paläographie: Derselbe; Mittwoch und Samstag
von 2—3 Uhr.
Geschichte der politischen Theorien von Platon bis zur Gegenwart: Professor v. Treitschke; 2mal wöchentlich.
Geschichtswissenschaft II. Theil. Ueber den Antheil der Völker
und der grossen Männer an der Geschichte: Dr. Doergens;
2mal wöchentlich.
Entwickelungsgeschichte des deutschen Volkes in staatlicher, kirchlicher und socialer Beziehung: Dr. Scherrer; Montag, Mittwoch und Freitag von 8—9 Uhr.
Erklärung der Lex Salica: Derselbe; 1mal wöchentlich publice
in einer zu verabredenden Stunde.
Deutsche Geschichte seit 1517: Dr. Waltz; Montag, Dienstag,
Mittwoch und Donnerstag von 11—12 Uhr.
Geschichte Friedrich's des Grossen: Dr. Gaedeke; Dienstag und
Freitag von 11—12 Uhr.
Geschichte des Zeitalters der Revolution (1789—1815): Prof. v.
Treitschke; an den 5 ersten Wochentagen um 5 Uhr.
Geschichte des zweiten Empire in Frankreich in Verbindung mit
der Einheitsbewegung in Deutschland: Dr. Doergens; 4mal
wöchentlich.
Geschichte der deutschen Prosalitteratur von Luther bis Göthe:
Dr. Laur,
Geschichte der französischen National-Litteratur: Derselbe.
Provenzalische Literaturgeschichte: Hofr. Bartsch; Montag bis
Samstag von 11—12 Uhr.
Michel Angelo und seine Zeit: Dr. Woermann; 1mal wöchentl.
publice.
Dürer, Holbein und ihre Zeit: Prof. Woltmann; Montags von
5—6 Uhr.
Geschichte der neueren Musik und der Oper: Dr. Nohl; 1mal
wöchentlich publice.
Privatissima über Geschichte: Dr. Doergens.

D. Mathematische Wissenschaften.

Arithmetik, II. Theil (Combinationslehre mit Anwendungen, höhere Reihen und höhere Gleichungen): Prof. Rummer; Dienstag, Donnerstag und Samstag von 7—8 Uhr.

Wahrscheinlichkeitsrechnung, besonders mit Bezug auf Ausgleichung der Beobachtungsfehler: Prof. F. Eisenlohr; 3mal wöchentlich.

Stereometrie mit Anwendungen: Prof. Rummer; Mittwoch und Freitag von 8—9 Uhr.

Ebene und sphärische Trigonometrie sowie Polygonometrie: Derselbe; Montag, Mittwoch und Freitag von 7—8 Uhr.

Zahlentheorie: Prof. Königsberger; Montag, Dienstag und Freitag von 12—1 Uhr.

Zahlentheorie: Prof. Cantor; 2mal wöchentlich.

Variationsrechnung: Professor Königsberger; Donnerstag von 12—1 Uhr.

Theorie der krummen Linien und Flächen: Derselbe; Montag, Dienstag, Donnerstag und Freitag von 10—11 Uhr.

Differential- und Integralrechnung, mit Anwendungen und Uebungen: Prof. Rummer; 5mal wöchentlich.

Algebraische Analysis: Prof. Cantor: 4mal wöchentlich.

Analytische Geometrie der Ebene und des Raumes: Dr. Nöther; 5mal wöchentlich.

Theorie und Anwendung der Determinanten: Derselbe; 1mal wöchentlich..

Praktische Geometrie mit Excursionen: Prof. Rummer; Samstag von 3—5 Uhr.

Mechanik: Prof. F. Eisenlohr; 4mal wöchentlich.

Die Uebungen im mathematischen Unter- und Ober-Seminar leitet Prof. Königsberger; Mittwoch von 5—7 Uhr.

E. Naturwissenschaften.

Experimentalphysik: Geh. Rath Kirchhoff; täglich von 11 bis 12 Uhr.

Mechanik flüssiger und elastischer fester Körper: Geh. Rath Kirchhoff; Dienstag und Freitag von 2—3 Uhr.

Die Uebungen im physikalischen Seminar leitet Derselbe.

Repetitorium für Physik: Prof. Horstmann; 2mal wöchentlich.

Theoretische Chemie: Derselbe; 2mal wöchentlich.

Experimentalchemie: Geh. Rath Bunsen; 6mal wöchentlich um 9 Uhr.

Die praktisch-chemischen Uebungen im Laboratorium leitet Derselbe an den 5 ersten Wochentagen.

Organische Experimentalchemie: Prof. Delffs; an den 5 ersten Wochentagen von 8—9 Uhr.

Praktische Uebungen im chemischen Laboratorium: Derselbe; an den 5 ersten Wochentagen.

Angewandte Krystallographie, mit Uebungen im Bestimmen und Zeichnen von Krystallen: Geh. Hofrath **Kopp**: Dienstag, Donnerstag und Freitag von 10—11 Uhr und Mittwoch von 2—5 Uhr.

Organische Experimentalchemie: Prof. **Bornträger**; Montag bis Freitag von 8—9 Uhr.

Die praktisch-chemischen Uebungen im Laboratorium leitet **Derselbe** an den 5 ersten Wochentagen.

Privatissima über Chemie und Pharmacie: **Derselbe**.

Organische Experimentalchemie: Prof. **Lossen**; Montag bis mit Freitag von 8—9 Uhr.

Praktische Uebungen im chemischen Laboratorium: **Derselbe**; an den 5 ersten Wochentagen.

Agriculturchemie, I. Theil. Ernährung der grünen Gewächse, Bodenkunde und Düngerlehre: Dr. **Mayer**; Dienstag, Donnerstag und Samstag von 10—11 Uhr.

Agricultur-chemisches Praktikum im landwirthschaftlichen Laboratorium: **Derselbe**; täglich mit Ausnahme des Montags.

Landwirthschaftliche chemische Gewerbe, II. Theil: **Derselbe**; Freitag und Samstag von 7—8 Uhr.

Repetitorium der Chemie für Landwirthe: **Derselbe**; in zwei Abendstunden.

Geschichte der Chemie: Geh. Hofrath **Kopp**; Mittwoch und Samstag von 10—11 Uhr.

Vergleichende Anatomie und Physiologie, besonders der Wirbelthiere: Prof. H. A. **Pagenstecher**; Montag, Dienstag, Donnerstag und Freitag von 2—3 Uhr.

Zootomisches Praktikum: **Derselbe**; an den fünf ersten Wochentagen zu dienlichen Stunden.

Paläontologisches Praktikum: Dr. **Neumayr**; privatissime gratis.

Allgemeine Morphologie und Systematik der Pflanzen (Allgemeine Botanik I. Theil): Professor **Pfitzer**; an den fünf ersten Wochentagen von 12—1 Uhr.

Specielle Botanik mit besonderer Berücksichtigung der officinellen und Culturpflanzen: Dr. **Askenasy**; 3mal wöchentlich.

Ueber die Pilze und die durch dieselben verursachten Pflanzen- und Thierkrankheiten: Prof. **Pfitzer**; Mittwoch und Freitag von 3—4 Uhr.

Praktische Uebungen in der Phytotomie: **Derselbe**; Montag, Mittwoch und Freitag von 9—12 Uhr.

Uebungen im Bestimmen der Pflanzen mit Excursionen: Dr. **Askenasy**; 2mal wöchentlich.

Mineralogie, nach seinem Lehrbuche der Mineralogie (4. Aufl.): Hofrath **Blum**; an den 4 ersten Wochentagen von 8 bis 9 Uhr.

Mineralogie, nach seinen „Grundzügen der Mineralogie" Prof. **Leonhard**; 4mal wöchentlich von 7—8 Uhr.

Gesteinskunde, nach seinem „Handbuche der Lithologie": Hofrath **Blum**; Freitag und Samstag von 8—9 Uhr.

Geognosie und Geologie, nach seinen „Grundzügen der Geognosie und Geologie": Prof. Leonhard; 4mal wöchentlich von 10—11 Uhr.

Stratigraphische Geologie mit Excursionen: Dr. Neumayr, 4mal wöchentlich.

Praktische Uebungen im Bestimmen der Mineralien: Hofr. Blum; Samstag von 2—3 Uhr.

Krystallkunde. II. Theil: Anleitung zu krystallographisch-optischen Untersuchungen: Dr. Klein; in zu bestimmenden Stunden.

Privatissima über Mineralogie und Geognosie: Prof. Leonhard.

F. Staats- und Cameralwissenschaften.

Nationalökonomie: Geh. Rath Knies; täglich von 10—11 Uhr.

Verwaltungslehre mit Einschluss der Polizeiwissenschaft: Derselbe; Montag, Mittwoch und Freitag von 9—10 Uhr.

Politik: Geh. Rath Bluntschli; täglich von 10—11 Uhr.

Allgemeines Staatsrecht und Politik: Prof. Röder; täglich von 3—4 Uhr. s. oben S. 5.

Geschichte der politischen Theorien von Platon bis zur Gegenwart: Prof. v. Treitschke; 2mal wöchentlich.

Ueber landwirthschaftliches Creditwesen: Hofr. Fühling; Dienstag und Donnerstag von 3—4 Uhr.

Staatswissenschaftliche Uebungen: Geh. Rath Knies; siehe staatswissenschaftliches Seminar.

Staatswissenschaftliches Seminar.

Geh. Rath Bluntschli wöchentlich 2 Stunden.

Geh. Rath Knies wöchentlich 2 Stunden. (Aufgaben der wirthschaftlichen Gesetzgebung in der Gegenwart).

G. Landwirthschaft.

Agriculturchemie, I. Theil. Ernährung der grünen Gewächse, Bodenkunde und Düngerlehre: Dr. Mayer; Dienstag, Donnerstag und Samstag von 10—11 Uhr.

Agricultur-chemisches Praktikum im landwirthschaftlichen Laboratorium: Derselbe; täglich mit Ausnahme des Montags.

Landwirthschaftliche chemische Gewerbe: II. Theil. Derselbé; Freitag und Samstag von 7—8 Uhr.

Allgemeine Landwirthschaftslehre, II. Theil. (Wirthschaftsorganisation und Direction): Hofr. Fühling; Dienstag, Mittwoch, Donnerstag und Freitag von 4—5 Uhr.

Landwirthschaftliche Pflanzenbaulehre: II. Theil: Prof. Stengel; Dienstag und Mittwoch von 7—8 Uhr.

Ueber Handelsgewächse: Derselbe; Donnerstag von 7—8 Uhr.

Landwirthschaftliche Thierlehre. I. Theil, landwirthschaftliche Hausthiere: Prof. H. A. Pagenstecher; Montag, Mittwoch und Freitag von 10—11 Uhr.

Viehzuchtlehre: Prof. Stengel; Montag, Dienstag, Mittwoch, Donnerstag und Freitag von 8—9 Uhr.

Die andern in das landwirthschaftliche Studium einschlagen-
den naturwissenschaftlichen Vorlesungen sind unter Rubrik E, die
volks- und staatswirthschaftlichen unter F. aufgeführt.

H. Theorie des Schönen und der schönen Künste.

Geschichte und System der antiken Architektur: Prof. Stark;
   siehe oben B. Philologie und Alterthumskunde.
Geschichte der Malerei bei Griechen und Römern: Dr. Woer-
   mann; siehe oben B. Philologie und Alterthumskunde.
Die Composition des Goethe'schen Faust: Geh. Rath Fischer;
   siehe oben A. philosophische Wissenschaften.
Ueber Shakespeare: Hofr. Bartsch; siehe oben B. Philologie u.
   Alterthumskunde.
Aesthetische Vorträge über Shakespeare's Hamlet: Prof. Frhr. v.
   Reichlin-Meldegg; siehe oben: A. philosophische Wissen-
   schaften.
Michel Angelo und seine Zeit: Dr. Woermann; siehe oben: C.
   Historische Fächer.
Dürer, Holbein und ihre Zeit: Prof. Woltmann; siehe oben:
   C. Historische Fächer.
Geschichte der neueren Musik und der Oper: Dr. Nohl; 1mal
   wöchentlich.

Zum **Privat-Unterricht** erbieten sich:

In den neueren Sprachen (Deutsch, Französisch und Englisch)
   Lector Dr. Otto.
In der englischen, französischen und italienischen Sprache Dr.
   Jerome W. Zimmer und Dr. Deppe.
In der englichen Sprache und Litteratur Dr. Klose.
In der französischen Sprache Richard und Philippe.
In der neuhebräischen Sprache und Literatur Dr. Reckendorf.

Im *Zeichnen* und *Malen* ertheilt Unterricht Maler Schmitt.
Im *Zeichnen naturhistorischer Gegenstände* Zeichenlehrer Veith.

In der *Musik* und im *Gesang* Musik-Director Boch.
In der *Reitkunst* gibt Unterricht in der Universitäts-Reitbahn
   Stallmeister Koch.

In der *Fechtkunst* Fechtmeister Fehn.
In der *Tanzkunst* Tanzlehrer Zimmer.
In „   „   „   Lüders.

Verzeichniss

der

Professoren und Privatlehrer

mit

Angabe ihrer Lectionen.

I. Theologische Facultät.

Ordentliche Professoren:

Geh. Kirchenrath Hitzig: Hebräische Syntax. — Erklärung der Genesis. — Uebungen im Interpretiren des Alten Testamentes.

Seminar-Director Kirchenrath Schenkel (Decan): Ueber das Princip und die Aufgabe des Protestantismus mit besonderer Borücksichtigung der gegenwärtigen kirchlichen Bewegungen und Ereignisse. — Liturgik. — Allgemeine Einleitung in den Beruf des evangelischen Geistlichen. — Praktische Auslegung ausgewählter Stücke des N. T. — Geschichte der Predigt, erste Hälfte, bis zur Reformation. — Homiletische Uebungen und Kritiken. — Katechetische Uebungen.

Prof. Gass: Schleiermacher's Leben und Teologie. — Kirchliche Statistik. — Christliche Ethik. — Kirchen- und dogmen-historische Uebungen.

Prof. Holtzmann: Einleitung in das N. T. — Erklärung des I. Corinther Briefes. — Mittheilungen und Analysen von Predigten. — Lehre vom Volksschulwesen, mit Einführung in die Volksschule.

Prof. Hausrath: Erklärung des johanneischen Evangeliums. — Erklärung des II. Corinther Briefes. — Allgemeine Geschichte der christlichen Kirche, dritter Theil. — Neutestamentliche Interpretir-Uebungen.

Ausserordentlicher Professor:

Prof. Pierson: Die religiösen Ideen des 18. Jahrhunderts. — Religionsphilosophie. — Katechetische Uebungen und Kritiken.

Privatdocent:

Lic. Sevin: Biblische Theologie. — Exegetische Uebungen und kirchengeschichtliches Repetitorium.

Stadtpfarrer Schellenberg: Kirchenrecht, mit besonderer Berücksichtigung der badischen ev.-prot. Landeskirche. — Katechetische Uebungen und Kritiken. — Homiletische Uebungen und Kritiken.

II. Juristische Facultät.

Ordentliche Professoren:

Geh. Rath Bluntschli: Politik. — Völkerrecht. — Staatswissenschaftliches Seminar.

Hofrath Zoepfl: Deutsche Staats- und Rechtsgeschichte. — Deutsches Staatsrecht.

Geh. Rath v. Windscheid (Decan): Geschichte und Institutionen des römischen Rechts, mit Quelleninterpretationen.

Geh. Rath Renaud: Deutsches Privatrecht mit Einschluss des Lehn-, Wechsel- und Handelsrechts, (Deutsche Wechsel-Ordnung und allgemeines deutsches Handelsgesetzbuch).

Geh. Rath Heinze: Criminalrecht. - Ausgewählte strafrechtliche Lehren.

Prof. Karlowa: Pandekten.

Ausserordentliche Professoren:

Prof. Röder: Rechtsphilosophie (Naturrecht). — Allgemeines Staatsrecht (Verfassungs- und Verwaltungsrecht) und Politik. - Ueber das Gefängnisswesen.

Prof. Vering: Pandekten (mit Einschluss des Erbrechts). — Kirchenrecht der Katholiken und Protestanten.

Prof. Asher: Mit Urlaub abwesend.

Prof. Brie: Encyklopädie und Methodologie der Rechtswissenschaft. — Strafprozess. — Staatsrecht des deutschen Reichs.

Privatdocenten:

Dr. Strauch: Encyklopädie und Methodologie der Rechtswissenschaft. — Deutsches Reichs- und Landes-Staatsrecht. — Völkerrecht.

Dr. Schott: Römisches Erbrecht. — Interpretation von Gajus. — Pandekten-Repetitorium und Praktikum.

Dr. Hiller: Strafprozess.

III. Medicinische Facultät.

Ordentliche Professoren:

Geh. Hofrath Arnold: Anatomie des Menschen, zweiter Theil.

Geh. Hofrath Lange: Geburtshülflicher Operationscursus. — Geburtshülfliche Klinik.

Prof. Delffs: Organische Experimentalchemie. — Praktische Uebungen im chemischen Laboratorium.

Geh. Hofrath Friedreich (Decan): Specielle Pathologie und Therapie der Krankheiten der Digestionsorgane. — Medicinische Klinik.

Hofr. Simon: Operativ-gynäkologischer Cursus. — Chirurgischer Operationscursus. — Chirurgische Klinik.

Hofrath Kühne: Experimentalphysiologie, II. Theil — Histologie mit Demonstrationen u. Experimenten. — Praktische Uebungen im physiologischen Laboratorium.

Prof. Becker: Augenoperationscursus. — Ophthalmologische Klinik.

Prof. v. Dusch: Allgemeine Pathologie und Therapie. — Medicinische Poliklinik.

Prof. J. Arnold: Spezielle pathologische Anatomie. — Cursus der pathologischen Histologie. — Sectionscursus. — Leitung der Arbeiten im pathologischen Institute.

Ausserordentliche Professoren:

Prof. Nuhn: Osteologie und Syndesmologie. — Cursus der mikroskopischen Anatomie. — Repetitorium der gesammten Anatomie der Menschen. — Vergleichende Anatomie.

Prof. Oppenheimer: Klinische Vorträge über Kinderkrankheiten.

Prof. Wundt: Anthropologie (Natur- und Urgeschichte des Menschen). — Physiologisches Laboratorium.

Prof. Moos: Theoretisch-praktischer Cursus über Ohrenheilkunde.

Prof. Knauff: Gerichtliche Medicin.

Prof. Erb: Theoretisch-praktischer Curs der Elektrotherapie. Specielle Pathologie und Therapie des Nervensystems.

Privatdocenten:

Dr. **Fehr**: Allgemeine Chirurgie der Schussverletzungen.
Dr. **Lossen**: Specielle Chirurgie. — Chirurgie der Knochen und Gelenke.
Dr. **Weil**: Physikalische Diagnostik. — Theoretisch-praktischer Curs über
Syphilis und Hautkrankheiten. — Laryngoskopischer Cursus.
Dr. **Fischer**: Psychiatrie.

IV. Philosophische Facultät.

Ordentliche Professoren:

Prof. Frhr. v. **Reichlin - Meldegg**: Psychologie mit Einschluss der Lehre
von den Geisteskrankheiten. — Geschichte der Philosophie. — Aesthe-
tische Vorträge über Shakespeare's Hamlet. — Privatissima über alle
Theile der Philosophie.
Geh. Rath **Bunsen**: Experimentalchemie. — Leitung der praktisch-che-
mischen Arbeiten.
Hofr. **Köchly**: Geschichte der griechischen Lyrik. — Erklärung von
Sallust's Catilina. — Lateinische Interpretationsübungen (griechische
Lyriker). — Schulmässige Erklärungsübnngen (Cicero's Catilinarische
Reden.) — Philologisch-kritische Uebungen.
Geh. Hofrath **Kopp**: Angewandte Krystallographie mit Uebungen im Be-
stimmen und Zeichnen von Krystallen. — Geschichte der Chemie.
Geh. Rath **Kirchhoff**: Experimentalphysik. — Mechanik flüssiger und
elastischer fester Körper. — Physikalisches Seminar.
Geh. Rath **Knies**: Nationalökonomie. — Verwaltungslehre (Lehre von der
innern Staatsverwaltung) mit Einschluss der Polizeiwissenschaft. —
Staatswissenschaftliches Seminar.
Prof. **Stark**: Griechische Alterthümer insbesondere des öffentlichen und
privaten Lebens. — Geschichte und System der antiken Architektur. —
Erklärung ausgewählter Briefe des jüngeren Plinius. — Erklärung der
Denkmäler des archäologischen Museums mit Uebungen.
Hofr. **Blum**: Mineralogie. — Gesteinskunde. — Praktische Uebungen im
Bestimmen der Mineralien.
Geh. Rath **Fischer**: Logik und Metaphysik oder Wissenschaftslehre, —
Ueber die Kantische oder kritische Philosophie, deren Entstehung,
System und Probleme. — Die Composition des Goethe'schen Faust
kritisch betrachtet.
Hofrath **Bartsch** (Decan): Deutsche Metrik. — Deutsche Lyriker des 12.
Jahrhunderts. — Ueber Shakespeare. — Provenzalische Litteraturge-
schichte. — Uebungen der deutschen Gesellschaft.
Prof. **Ribbeck**: Römische Litteraturgeschichte. — Erklärung der Idyllen
des Theokrit. — Vergils Eklogen und lateinische Arbeiten.
Prof. **Weil**: Arabische Sprache nebst Erklärung der Chrestomathie von
Arnold. — Erklärung des Korans oder der Makamen des Hariri. —
Erklärung der türkischen Chrestomathie von Wickerhauser. — Persische
Sprache nebst Erklärung der Chrestomathie von Spiegel. — Privatis-
sima über hebräische, arabische, aramäische, persische und türkische
Sprache und Literatur.
Prof. **Wattenbach**: Römische Geschichte. — Lateinische Paläographie.
Prof. **H. A. Pagenstecher**: Vergleichende Anatomie und Physiologie be-
sonders der Wirbelthiere. — Zootomisches Praktikum. — Landwirth-
schaftliche Thierlehre.
Prof. **Königsberger**: Zahlentheorie. — Variationsrechnung. — Leitung
der Uebungen des mathematischen Seminars.
Prof. v. **Treitschke**: Geschichte des Zeitalters der Revolution. — Ge-
schichte der politischen Theorien von Platon bis zur Gegenwart.

18

Prof. **W i n d i s c h**: Sanskrit-Grammatik, mit praktischer Einübung. — Resultate und Methode der vergleichenden Sprachwissenschaft. — Bhagavadgîta. — Altirische Grammatik.

Hofrath **F ü h l i n g**: Allgemeine Landwirthschaftslehre, II. Theil, (Wirthschaftsorganisation und Direction). — Ueber landwirthschaftliches Creditwesen.

Prof. **P f i t z e r**: Allgemeine Morphologie und Systematik der Pflanzen (Allgem. Botanik I. Theil). — Ueber die Pilze und die durch dieselben verursachten Pflanzen- und Thierkrankheiten. — Praktische Uebungen in der Phytotomie.

Honorar-Professoren:

Prof. **S t o y**: Pädagogik. — Psychologisch-pädagogische Uebungen.

Prof. **S t e n g e l**: Landwirthschaftliche Pflanzenbaulehre, II. Theil. — Viehzuchtlehre. — Ueber Handelsgewächse.

Ausserordentliche Professoren:

Prof. **L e o n h a r d**: Mineralogie. — Geognosie und Geologie. — Privatissima über Mineralogie und Geognosie.

Prof. **B o r n t r ä g e r**: Organische Experimentalchemie. — Praktisch-chemische Uebungen im Laboratorium. — Privatissima über Chemie und Pharmacie.

Prof. **C a n t o r**: Algebraische Analysis. — Zahlentheorie.

Prof. **R u m m e r**: Arithmetik, II. Theil. — Stereometrie. — Ebene und sphärische Trigonometrie und Polygonometrie. — Praktische Geometrie. — Differential- und Integralrechnung.

Prof. **F u c h s**: Mit Urlaub abwesend.

Prof. **L o s s e n**: Organische Experimental-Chemie. — Praktische Uebungen im chemischen Laboratorium.

Prof. **L e f m a n n**: Sanskrit. — Griechische Grammatik vom Standpunkte der vergleichenden Sprachforschung. — Vergleichende Mythologie der indogermanischen Völker, besonders der alten Inder, Griechen und Deutschen.

Prof. **H o r s t m a n n**: Theoretische Chemie. — Repetitorium für Physik.

Prof. **F. E i s e n l o h r**: Mechanik. — Wahrscheinlichkeitsrechnung.

Prof. **U h l i g**: Erklärung von Platon's Phädon.

Prof. **A. E i s e n l o h r**: Erklärung ausgewählter hieroglyphischer u. hieratischer Texte.

Prof. **T h o r b e c k e**: Arabische Grammatik — Erklärung der Hamâsah. — Persische Grammatik.

Privatdocenten:

Dr. **L e B e a u**: Erklärung der Briefe des Horatius. — Erklärung von Aristophanes' Rittern. — Lateinische Stylübungen. — Privatissima in der griechischen und lateinischen Sprache und in allen philologischen Lehrfächern mit Rücksicht auf die Prüfungsordnung für Philologen; ferner in der französischen und englischen Sprache, und in der deutschen Sprache besonders für Ausländer.

Dr. **R e i s s**: Mit Urlaub abwesend.

Dr. **S c h e r r e r**: Entwickelungsgeschichte des deutschen Volkes in staatlicher, kirchlicher und socialer Beziehung. — Erklärung der Lex Salica.

Dr. **K. Frhr. v. R e i c h l i n - M e l d e g g**: Geschichte der Philosophie.

Dr. **D o e r g e n s**: Geschichte des zweiten Empire in Frankreich in Verbindung mit der Einheitsbewegung in Deutschland. — Geschichtswissenschaft II. Theil. Ueber den Antheil der Völker und der grossen Männer an der Geschichte. — Privatissima über Geschichte.

Dr. **M a y e r**: Agriculturchemie, erster Theil: Ernährung der grünen Gewächse, Bodenkunde und Düngerlehre. — Landwirthschaftliche chemische Gewerbe. — Agriculturchemisches Praktikum im landwirthschaftlichen Laboratorium. — Repetitorium der Chemie für Landwirthe.

Dr. **Waltz**: Deutsche Geschichte seit 1517.

Dr. **Laur**: Geschichte der deutschen Prosalitteratur. — Geschichte der französischen National-Litteratur.

Dr. **Klein**: Krystallkunde. Zweiter Theil: Anleitung zu krystallographisch-optischen Untersuchungen.

Dr. **Caspari**: Geschichte und Kritik der materialistischen Weltanschauung. — Geschichte der neueren u. neuesten Philosophie. — Völkerpsychologie.

Dr. **Gaedeke**: Geschichte Friedrichs des Grossen.

Dr. **Nöther**: Analytische Geometrie der Ebene und des Raumes. — Theorie und Anwendung der Determinanten.

Dr. **Woermann**: Geschichte der Malerei bei Griechen u. Römern. — Michel Angelo und seine Zeit.

Dr. **Woltmann**, Professor am Polytechnicum in Carlsruhe: Dürer, Holbein und seine Zeit.

Dr. **Cohen**: Mit Urlaub abwesend.

Dr. **Nohl**: Geschichte der neueren Musik und der Oper.

Dr. **Askenasy**: Allgemeine Botanik mit besonderer Berücksichtigung der officinellen und Culturpflanzen. — Uebungen im Bestimmen der Pflanzen.

Dr. **Neumayr**: Stratigraphische Geologie mit Excursionen. — Palaeontologisches Praktikum.

Lector Dr. **Otto**: Französische Grammatik. Lectüre eines französischen Schriftstellers. — Privatissima in der englischen, französischen und deutschen Sprache.

Die zur Universität gehörigen Anstalten, nämlich die archäologische Sammlung, das Modellcabinet, das physikalische Cabinet, die chemischen Laboratorien, das zoologische Cabinet, der botanische Garten — phyto-physiologisches Institut und Herbarium —, die im Grossherzogl. Schlossgarten angelegten forstwirthschaftlichen Plantagen, die Mineraliensammlung, das anatomische Theater und die Kliniken für Medicin, Chirurgie, Geburtshülfe und Augenheilkunde, werden nicht nur bei den Vorlesungen benutzt, sondern können auch ausserdem auf Anmelden bei den Vorstehern derselben von Reisenden gesehen werden.

Die archäologische Sammlung (Augustinergasse Nr. 7 ebener Erde) ist Mittwoch und Samstag von 11—1 Uhr, das zoologische

Cabinet (im Anatomiegebäude) Samstag von 2—4 Uhr, das Mineraliencabinet (im Friedrichsbau) Mittwoch und Samstag von 2—4 Uhr dem Publikum geöffnet.

Die Universitäts-Bibliothek ist Mittwoch und Samstag von 2—4 Uhr, an den übrigen Wochentagen von 10—12 Uhr geöffnet. Ueber die bei dem Verleihen stattfindenden Bedingungen gibt der gedruckte Anhang der akademischen Vorschriften Auskunft.